《百家字谜》编辑委员会

主　编：苏剑

编　委：武骝、蔡芳、黄全来、熊辉、苏颖、顾斌、王刚

● 学生灯谜读物 ●
百家字谜·第一辑

章 镳
字谜300

章 镳/著

中州古籍出版社
·郑州·

图书在版编目（CIP）数据

章镰字谜 300 / 章镰著． — 郑州：中州古籍出版社，
2021.3
（百家字谜．第一辑）
ISBN 978-7-5348-9549-4

Ⅰ．①章… Ⅱ．①章… Ⅲ．①谜语 — 汇编 — 中国
Ⅳ．① I277.8

中国版本图书馆 CIP 数据核字 (2021) 第 015694 号

出 版 社：	中州古籍出版社
	（地址：河南省郑州市郑东新区祥盛街 27 号 6 层 邮政编码：450016）
发行单位：	新华书店
承印单位：	陕西隆昌印刷有限公司
开　　本：	889mm×1194mm　　1/48
总 印 张：	28
总 字 数：	600 千字
版　　次：	2021 年 3 月第 1 版
印　　次：	2021 年 3 月第 1 次印刷

总定价：120.00 元（全套 10 册）
本书如有印装质量问题，由承印厂负责调换

作者简介

章镳，1963年9月生，浙江绍兴人。自幼喜爱谜语，学生时代即收集过民间谜语及字谜。1980年开始灯谜创作。在全国各地谜会谜赛中，屡获佳谜奖和猜射奖。1987年参加中央电视台举办的"中华杯"电视猜谜赛，获"中华最佳猜谜手"称号；1989年参加中央电视台春节联欢晚会"谜语擂台"节目；1994年在上海获"东方谜王"称号；1997年获第四届"沈志谦文虎奖"。先后被评为"20世纪百家谜人""全国十大谜书收藏家"等。编著有《稽山虎》《当代谜书目录》《小舞台谜汇》等，与同好创办《灯谜文史杂志》并任主编。2016年被命名为绍兴市第五批非物质文化遗产项目"绍兴谜语"的唯一代表性传承人。现任中华灯谜学术委员会常务委员、绍兴市灯谜协会会长。

序 言

苏 剑

汉字是中国文化标志性的符号，是记录汉语语言的文字，距今已有六千年左右的历史。汉字集音、形、义于一体，以其独特的美感和魅力卓立于世界各民族文字之林。古往今来，人们融合运用汉字音、形、义的灵性和特质，以特殊的思维方式诠释汉字、演绎汉字，创造出灯谜这种独特的中华民族传统文化形式。

灯谜题材包罗万象，无所不及，而所有灯谜都含有字谜的元素，可以说都是构建在字谜基础之上的。字谜在灯谜的"大家族"中虽形微体小，却是人们公认的"万谜之源"。字谜是最简易的灯谜，也是最灵活的灯谜要素，是学习猜制灯谜的基础。兹长安文虎社编纂出版《百家字谜》丛书，也是为发扬传承中华传统优秀文化而做的一件大有裨益的普及性事情。

20世纪80年代以来，是灯谜创作最为

活跃的时期，字谜创作也空前繁荣，尤其是字谜创作的手法有了开拓性的发展，表现形式更加多姿多彩，字谜作品数量亦蔚为大观。《百家字谜》丛书第一辑就是这个时期字谜艺术的结晶，是世纪之交海内外字谜创作的缩影，基本上代表了当代字谜创作的领先水平，反映出当代字谜创作的整体概貌。

《百家字谜》丛书是系统介绍当代灯谜名家字谜精品的系列丛书，"百家"入选者均为当代在字谜创作方面有突出成就或字谜艺术精湛的谜家。《百家字谜》丛书第一辑，共选编了10位谜家的字谜作品，可谓"臻臻至至，洋洋洒洒"。首批入选的10位谜家中，有已故灯谜泰斗柯国臻、字谜专家黄穆灿、台湾名宿吴学平，有德艺双馨的老一辈著名谜家郑百川、汪寿林，有承前启后的灯谜名家武骝、蔡芳等，也有近几年在字谜创作方面成绩显著的苏剑、章镳、熊辉等人。他们的字谜作品自成风格，各具特色，或古朴典雅，或清新自然，或白描写意，或灵巧奇趣，呈现出"百花齐放"的字谜艺术图景。

翻开《百家字谜》丛书，弘扬主旋律、突出正能量的灯谜作品俯拾皆是。例如："织杼半融读书声（字）纾""教育后辈当尽孝（字）辙""寸土不丢保村庄（字）床""异地犹存故国心（字）域"以及"点滴改革见成果（字）单""和田名品，中国声誉（字）玉"，还有"四风之中奢为先（字）爽""为政不为民，民弃速罢之（字）整""奉献点点滴滴，赢得无上荣光（字）桃"等；再如："半掩浣花子美居（字）蒲""阳春晚景四方同，泊堤鹊影处处见（字）日"，等等。这些大手笔表现出了多样化的字谜之美。这些汉字和字谜的完美结合，让人感受到其无穷的艺术魅力。细细品读，在字形上能引起人们美妙而大胆的联想；在字音上能激发人们的兴趣，引起人们的共鸣；在字义上能增强或激发人们热爱中华民族文化的情感。汉字是字谜之源，字谜为汉字平添了新的文化内涵，丰富了汉字的艺术空间。

《百家字谜》丛书定位为普及型读物，可作为开展校园灯谜活动的读本，供中小学生和青少年爱好者学习猜制字谜借鉴之用。这套丛书，每个单行本由"作品精选"与"作品赏析"两部分组成。"作品精选"部分，选谜难易兼顾，雅俗共赏，每条谜都作了简注、解析,适合中小学生无障碍阅读。"作品赏析"部分,选取20—30条字谜代表作,邀请名家撰写评析短文,解读精华,激活亮点,启迪创作思路,有助于字谜猜制的普及和提高。

吾爱谜数年,又喜字谜创作,此次跻身其中,汗颜不已,自当是近距离学习前辈灯谜艺术造诣的绝佳良机,不敢懈怠。惟愿方家和读者打开《百家字谜》丛书这扇览胜之窗,尽情欣赏一窗美景、四面青山。纷呈的字谜精品,炼意传神,曲尽其妙,让你应接不暇;精妙的字谜赏析,酣畅淋漓,旨趣所归,让你品味称奇。步入这方园地,受各种典型谜法的浸濡熏陶,会让你起点更高、起步更实、起飞更快。《百家字谜》,带你跨进奇异的灯谜世界。

是为序。

2019年5月于西安白桦林居

目　录

作品精选

少笔画字	003
5画字	005
6画字	006
7画字	010
8画字	014
9画字	019
10画字	026
11画字	030
12画字	039
13画字	046
14画字	054
15画字	058
多笔画字	061

作品赏析

尾生独念伊（少笔画字）一 ……… 杨耀学/评析 071
有心趁其不注意，凑上小嘴亲一亲（少笔画字）勿 ……… 汪德亨/评析 073
认得易安为词人（5画字）司 …… 汪德亨/评析 074
桥头雨余春水生（7画字）沐 …… 杨基平/评析 075
存身尘间孙行者（6画字）在　搜索枯肠胡适之（7画字）杨 ……… 王东雄/评析 077
恰似浮云一一散（8画字）始 …… 叶国泉/评析 079
东陵被盗珠玉散（8画字）邾 …… 顾为善/评析 080
草染桥头冰已化（9画字）荥 …… 莫志刚/评析 081
残柳拂明月，相思寄一宿（9画字）昂
　……… 蔡建荣/评析 083
数字达万亿，归来居鄂地，声闻于梓里（9画字）秭 ……… 武 骦/评析 085
惊心未定认归人（10画字）谅 …… 马啸天/评析 086
东阳塘西出孝子（11画字）堵 …… 郑江凤/评析 087
花前卧看日西沉（11画字）萝 …… 莫志刚/评析 088
闺中针线岁前多（11画字）崖 …… 汪长才/评析 089
江头杨柳正依依（11画字）淋 …… 李　平/评析 090
暮雨声从叶上来（11画字）液 …… 邱茂文/评析 092

上岗必戴安全帽（11画字）密 ……	于包廷/评析	094
无出颜谢之右（11画字）谚 ………	顾为善/评析	095
低声凝目倚郎边（11画字）郿 ……	吴旭初/评析	096
涧边草合迷前路（12画字）落 ……	马啸天/评析	097
斜阳一抹照东陵（12画字）瘆 ……	董书祥/评析	098

听令即收，点到为止（12画字）跊
……………………………… 董书祥/评析　099

新西藏，旧西藏，展柜前，看得清（12画字）晰
………………………………… 杨耀学/评析　100

金莲低下头，说一声知也（12画字）跊
………………………………… 汪德亨/评析　102

作一幅中堂，写两个篆字（12画字）喙
………………………………… 董书祥/评析　103

半融远山景，桃林处士在（12画字）蛘
………………………………… 董书祥/评析　104

展开黄绢念之，张旭书法盖世（12画字）蕊
………………………………… 董书祥/评析　106

倡议出后和者多（12画字）储 ……	沈　新/评析	107
竞雄别夫赴东邻（13画字）鄞 ……	苏德友/评析	108
霜降后二日偶成（13画字）雷 ……	张志有/评析	110

斜雁经东陌，残红落北窗（13画字）缩
………………………………… 蔡大金/评析　111

除数四点五,正好没余数(13画字)鄢

·················· 顾为善/评析　111

才放梅花数点,又闻白鹭一声(14画字)漶

·················· 蔡经湘/评析　113

后　记 ·························· 115

作品精选

少笔画字

尾生独念伊(少笔画字)　　　　　　　　一
注:此谜扣合采用形、义、音三种方法,
　　"生"的结尾笔画是"一","独"的意
　　思是"一","一"的读音与"伊"相同。
　　念,别解为读。

自三国之末,至西晋之初,独占魁首,
举世无双(少笔画字)　　　　　　　　一
注:每句均扣"一"。

一直有人跟着他(少笔画字)　　　　　　乜
注:谜底的字,如加上一"直"(丨)与
　　"人"(亻),就变成"他"字。

摘穷帽,挖穷根,大家都说发(少笔画
字)　　　　　　　　　　　　　　　　八
注:把"穷"字的帽子和根基部分去掉,
　　余"八";民间俗称"八"代表发财的
　　"发"。

此案无头又无尾（少笔画字）　　　　　　女
注："案"字无头无尾，即为"女"字。

立人孝先行（少笔画字）　　　　　　　　仔
注："孝"的先头部分行去，剩"子"，加立
　　"人"（亻）成"仔"。

春景晴明四处同（少笔画字）　　　　　　日
注："春景晴明"四字相同之处是都有一个
　　"日"。

有女可爱，以手抚之（少笔画字）　　　　无
注：谜底"无"字，加"女"即可成"妩"（可
　　爱的意思），加"手"（扌）则可成"抚"。

竿挂两棵菜，引得游鹅来（少笔画字）　　忆
注：象形法扣谜。"乙"象形"游鹅"。

有心趁其不注意，凑上小嘴亲一亲（少
笔画字）　　　　　　　　　　　　　　　勿
注：谜底"勿"字，有"心"便成"忽"（其

义为不注意），凑上个小的"口"即成"吻"（其义指亲一亲）。

5画字

河灯半明灭（5画字） 汀
注："河灯"二字各取一半。

认得易安为词人（5画字） 司
注：易安，原指宋代词人李易安（清照），扣谜时别解为变动、安置，"司"得一变动的"认"即成"词人"二字。

三四童子迎主人（5画字） 东
注：谜底析作"七小"。"主人"提义，即谜底"东"字的意思。

半途而废，前功尽弃（5画字） 边
注："途"字废去一半取"辶"，"功"的前面舍弃掉，剩下"力"。

一半儿难当一半儿耍（5画字）　　　　　　奴
注：谜面为元曲句。取"难"和"耍"各一半。

十载一来复，始得见君颜（5画字）　　圣
注：上句形扣，下句提义。"十"载"一"成"土"，"复"会意扣"又"，组成谜底"圣"字。"君颜"提义。

飞鸟鸣空中，忽闻一枪响（5画字）　　叭
注："鸣"字飞去"鸟"，余"口"；"空中"取"八"，合成"叭"字，象声如枪声。

6画字

大字诗旁（6画字）　　　　　　　　　　讵
注：谜面为古籍名。"大"字义扣"巨"，"诗"旁为"讠"。

天目之夜（6画字）　　　　　　　　　　岁
注："天目"指天目山，故以"天目"扣"山"；"夜"扣"夕"。

不大一会儿（6画字）　　　　　　　　　光

注："不大"会意为"小"，与"一、儿"会
　　集，扣出谜底。

评先进，颂先进（6画字）　　　　　　讼

注："评"之先与"颂"之先，合为"讼"。
　　进，解作进入、加入。

空来汲水移芍药（6画字）　　　　　　级

注："汲"的"水"（氵）空去存"及"，"药"
　　移去"芍"余"纟"，合在一起便成
　　"级"。

背竹篓的少女（6画字）　　　　　　　米

注：背，原意为背负，扣谜时作"离开"
　　解，将"篓"字的"竹"离开，再少掉
　　"女"，即成"米"字。

一对鸟儿树上睡（6画字）　　　　　　米

注：谜面出自清代《霓裳续谱·寄生草》。
　　树扣"木"，一对鸟儿象形，以两点比拟。

一弯曲水接平野（6画字）　　　　　　　　丞

注：谜面读作"一弯曲／水接／平野"，以
　　扣出谜底。

存身尘间孙行者（6画字）　　　　　　　　在

注：将"存"与"尘"中间包含的"孙"部
　　件行去，即是谜底。"者"作虚词看。

草长曲径掩人迹（6画字）　　　　　　　　苡

注："苡"字中的两个横折，喻为曲径，与
　　"草"（艹）和"人"掩映而成谜底。

堤边添上丝丝柳（6画字）　　　　　　　　圳

注：谜面为叶剑英《游肇庆七星岩》诗句。
　　"堤"边扣"土"，丝丝柳，象形作
　　"川"。

冀中突围到鲁南（6画字）　　　　　　　　早

注："冀"中是"田"，"田"字突围（即破
　　其围）而余"十"。"鲁"字南部（下方）
　　扣"日"。"十"与"日"合为"早"字。

孺子出游天正晴（6画字）　　　　　　而
注："孺子"出游，剩下"需"，"天正晴"表
　　示无雨。"需"字无"雨"，即为"而"。

一部《春秋》使人清（6画字）　　　　吏
注：此谜双扣。《春秋》是史书，会意扣
　　"史"，"部"作安置解，置"一"而成
　　"吏"；"使"之"人"（亻）清除，亦
　　为"吏"。

左边是涯，右边是岸（6画字）　　　　汗
注：谜面为书名。"涯"的左边是"氵"，右
　　边是岸（"干"就是岸的意思）。

东边我的美人，西边黄河流（6画字）　汝
注：谜面为《爱江山更爱美人》歌词。美人
　　扣"女"，黄河扣"水"（氵）。

年虽古稀雄心在（6画字）　　　　　　华
注：古稀之年为"七十"，"雄"字的中心是
　　"亻"。

7画字

场前人争先（7画字） 坎

注："场"前为"土"，与"人"及"争"的先头部分组合，成"坎"字。

远峰隐半规（7画字） 岘

注：谜面为谢灵运《游南亭》诗句。"远峰"扣"山"，"半规"扣"见"。

苦旱竟三旬（7画字） 肝

注：谜面为明代徐渭《再次陈大喜雨》诗句。谜底解为"干旱了一个月"。

两人隔江望断水（7画字） 巫

注：两"人"隔江而望，然后将"江"的"水"（氵）去掉，即为"巫"。

滇西一九四四（7画字） 沐

注：谜面为电视剧名。"滇"西为"氵"；将"一、九、四、四"这四个数字相加则

等于"十八",扣"木"。

又向浪前风里行(7画字) 没

注:"浪"前为"氵",风里行,是指将"风"的里面行去,剩下"几",与"又"合成"没"。

三五小舟依北岸(7画字) 岇

注:"三、五"加起来是"八",小舟扣"刀"(刀通舠,即小船),"岸"字的北端(上方)是"山"。

两人相伴垄上行(7画字) 坐

注:两"人"相伴为"从","垄"字上面行去,余"土",合起来便成"坐"。

巡边几度识丹心(7画字) 迒

注:"巡"边为"辶","丹"字的中心为"一",与"几"组成谜底。度,扣谜时作"度与、交给"解。迒,读háng。

匠心独具技领先（7画字） 折

注：匠心独具扣"斤"，技领先扣"扌"。

问心庵中初见面（7画字） 吴

注：谜面为越剧《双珠凤》唱词。"问"心是"口"，"庵"中取"大"，"面"之初始笔画为"一"，合成"吴"字。

陌头人归日落时（7画字） 附

注："陌"头为"阝"，"时"之"日"落下而余"寸"，与"人"（亻）归并成"附"。

树立雄心有抱负（7画字） 体

注："树"扣"木"，"雄"的中心部位是"亻"，再抱合一个负号（—），即成"体"。

秋收之前垄上行（7画字） 灶

注："秋"前面的"禾"收去，余"火"；"垄"上面的"龙"行去，余"土"。

桥头雨余春水生（7画字）　　　　　　　沐
注：谜面出自杨维桢《雨后云林图》诗。此谜
　　双重扣底，桥头雨余扣"沐"，春水生也
　　扣"沐"。四季五行对应，春属木。

着力建设边海防（7画字）　　　　　　　渤
注："力"与"海防"二字的边"氵、阝"
　　组成谜底。

搜索枯肠胡适之（7画字）　　　　　　　杨
注：索求"枯肠"二字，须有"胡"字切合，
　　以此反推得出谜底。

旗风猎猎，河水清清（7画字）　　　　　阿
注：旗风猎猎，以象形法比拟扣合，作
　　"阝"（像旗子在风中飘）；"河"字的
　　偏旁"水"（氵）清除，余"可"。

油水不要捞，人前站得直（7画字）　　　伷
注：前句扣"由"，后句扣立人旁。

8画字

财富前线（8画字） 贮
注：谜面系电视栏目。"财富"的前面部首是"贝"和"宀"，线，象形为"一"。

孰能无过（8画字） 肴
注：谜底解作"有错"。错的符号为"×"。

雁荡布衣（8画字） 岷
注：雁荡扣"山"，布衣扣"民"。"雁荡布衣"是民国书画家赵璧城的别号。

秋色到空闺（8画字） 钔
注：谜面为夏完淳《卜算子》词句。秋色扣"金"（钅），空闺扣"门"。

祖国请放心（8画字） 忠
注：祖国会意为"中"，再放上"心"，即成"忠"。

荷戟独不前（8画字）　　　　　　　　　武
注：戟扣"戈"，独扣"一"，不前扣"止"。
　　荷，是背负的意思。

五指山，山相连（8画字）　　　　　　　拙
注：五指，即一手，扣"扌"；"山"与"山"
　　相连，扣"出"。

岁岁除夕走基层（8画字）　　　　　　　屈
注：将"岁岁"二字的"夕"除去，剩两个
　　"山"而扣"出"；将"层"的根基部
　　分（云）走掉后，合并成"屈"。

中日关系要调整（8画字）　　　　　　　呷
注：把"中""日"二字关联并将其结构进
　　行调整，得出谜底。

今后用心把书读（8画字）　　　　　　　念
注："今"的后面加一"心"，即"念"；"把
　　书读"解释的是"念"的意思。

东陵被盗珠玉散（8画字）　　　　　　　邾
注：东陵被盗，余"阝"；珠玉散，余"朱"。

白头耆旧日凋谢（8画字）　　　　　　　佬
注："耆旧"二字中的"日"凋去后，剩"老"
　　和"丨"，加上"白"字之头"丿"，
　　即成"佬"字。

加倍保护藏羚羊（8画字）　　　　　　　苓
注："加"字别解作加号（＋），加倍，即
　　"艹"；"羚"字藏去"羊"，即"令"。

网结一半已七天（8画字）　　　　　　　周
注："网结"二字各取一半，组成谜底
　　"周"，意即七天。

行人请走人行道（8画字）　　　　　　　青
注："道"别解为讲，将"行人请"三字走
　　掉"行""人""道"（即"言"），剩下
　　"青"字便是谜底。

恰似浮云——散（8画字）　　　　　　　始
注：恰似，会意为"如"；浮起"云"字并
　　散其"一一"，剩下"厶"。"如""厶"
　　组成"始"。

涧边残庙犹传声（8画字）　　　　　　油
注："涧"边为"氵"，残"庙"取"由"，
　　合为谜底，读音同"犹"。

停车观树见村落（8画字）　　　　　　轰
注："观树"二字落去"见村"，即为"双"，
　　与"车"合为谜底。

殿前带刀立帐旁（8画字）　　　　　　刷
注："殿"前扣"尸"，"刀"扣"刂"，"帐"
　　旁是"巾"，合成谜底。

助残出力，献点爱心（8画字）　　　　宜
注："助"残出"力"，余"且"；爱心，
　　是取"爱"字的中心"冖"；再献上一
　　"丶"，便成"宜"字。

激战前夜夜难安(8画字) 沾

注:谜面"夜"字与"夜难安"自行抵消,以"激战前"扣出谜底"沾"。

先下后上,照顾老幼(8画字) 奈

注:"先下"为"一","后上"也是"一","老"扣"大","幼"扣"小"。"照顾"二字作照应、顾及解,起抱合作用。

公要馄饨婆要面(8画字) 呸

注:谜底析作"口不一"。

先有人格,后有画格(8画字) 侣

注:先有人格,扣"亻""口"(格指"方格"),之后再画一个格,组成"侣"。

信马归来时,无言对落日(8画字) 驸

注:"信马"与"时"归并,再去掉"言"和"日",扣出谜底。

9画字

三尺童儿（9画字） 籽
注：三尺扣"米"，童儿扣"子"。

误入歧途（9画字） 赵
注：谜底解作"走错"。

万念俱灭（9画字） 恢
注：谜底析作"心灰"来扣谜面。

莽一朝有之（9画字） 玳
注：谜面出自《汉书·食货志》。莽指王莽，扣"王"，朝扣"代"。

燃烧的旋律（9画字） 烁
注：燃烧扣"火"，旋律扣"乐"（yuè）。

情满四合院（9画字） 思
注：谜面为电视剧名。"田"比作四个合围的院子，情扣"心"。

绝壁上朝暾（9画字）　　　　　　　　　陧

注：谜面出自杜甫《贻华阳柳少府》诗。绝
　　去"壁"之上部，剩下"土"，朝暾会
　　意扣"阳"。

人空仂兮达旦（9画字）　　　　　　　　宣

注："仂"空去偏旁之"人"（亻），达一
　　"旦"而成"宣"。

人人参加大生产（9画字）　　　　　　　竿

注：谜面为陈毅《过淀山湖》诗句。谜底解
　　作"个个干"。

人亻西楼起回心（9画字）　　　　　　　保

注：人亻，指立人（亻）；西楼，扣"木"；
　　回心，指"回"字中间的"口"。

丁字帘前是断桥（9画字）　　　　　　　柠

注：谜面出自清·孔尚任《桃花扇·寄扇》。
　　帘前取"宀"，断桥扣"木"，加"丁"
　　字而成"柠"。

飞落白泉下山岩（9画字）　　　　　　　泵
注："泉"飞落"白"，余"水"；"岩"之
　　"山"卸下，为"石"。

日暮南关壮士行（9画字）　　　　　　　奖
注：日暮扣"夕"，南关扣"大"；"壮"之
　　"士"行去，所剩部分与"夕、大"组
　　成"奖"。

心同雪色别高低（9画字）　　　　　　　急
注："雪色"二字的高低部位别去，与"心"
　　组成"急"字。

中国移动得先机（9画字）　　　　　　　柱
注："国"字中间的"玉"，经移动后变成
　　"主"；"机"之先取"木"。两者合成
　　"柱"。

仙诗不可与人言（9画字）　　　　　　　峙
注："仙诗"二字去掉"人、言"，即为
　　"峙"。

湘西之旅一流好（9画字） 衍

注：此谜双扣。"湘"西扣"氵"，"旅"扣"行"，合起来成为"衍"。流，也扣"水"（氵），"好"扣"行"，合起来同样是"衍"。

月映湖心一叶舟（9画字） 适

注：月与一叶舟均为象形，分别摹形为"丿"和"辶"，湖心为"古"，合则成"适"。

北军曲中闻折柳（9画字） 荣

注：北军是汉代中央禁卫军之一，因驻守长安城北，故称；扣谜时，则指"军"的北部，取"冖"。曲中取"廿"，折柳作"木"，"闻"别解为接受的意思。三部分连接起来，即为谜底。

午后播放《西游记》（9画字） 浒

注：午后，指"午"字直接放在底字后面，"游记"二字的西部为"氵、讠"，三者拼合成"浒"。

月映湖心一叶舟（9画字）适

回看原是李芾甘（9画字）　　　　　　　钯

注：李芾甘，即巴金。

先锋直入取南唐（9画字）　　　　　　　钟

注：先锋扣"钅"，南唐取"口"，直（丨）

　　入而成"钟"。

芳草游人碍马驰（9画字）　　　　　　　施

注：芳草游扣"方"，碍马驰为"也"，与

　　"人"合成"施"。

空山幽兰——开（9画字）　　　　　　　兹

注："幽"字空去"山"，"兰"字离开

　　"——"，所剩部分组成谜底。

草染桥头冰已化（9画字）　　　　　　　荥

注：桥象形为"冖"，冰化为"水"，与

　　"草"（艹）合成谜底。

客中年末尺书迟（9画字）　　　　　　　逢

注：客中，是指"客"的中间部分；年末，

是指"年"的后半部分；尺书迟，是指"尺"书写上去就变成"迟"，因而扣出"辶"。三部分合起来即为"逢"。

残花片片逐流泉（9画字） 皆
注：残花片片扣"比"，"泉"字逐去流水余"白"，合起来是"皆"。

破坏环境犯下罪（9画字） 韭
注：将"环"当中的"坏"破除，剩下"一"；"罪"的下半部分是"非"。

祖国南疆多宝藏（9画字） 贵
注：祖国扣"中"；在"中"的南面，"一"象形为疆界（疆指边界）；贝是古代货币，引申为宝贝。

麾下战将挥戈去（9画字） 毡
注：麾下扣"毛"，再将"战"字中的"戈"挥去，余"占"，两部合为底字"毡"。

残柳拂明月,相思寄一宿(9画字)　　昴

注:前一句,残"柳"取"卯","明"字拂去"月"为"日";后一句,别解提义,"宿"作星宿解。昴,是二十八星宿之一。

数字达万亿,归来居鄂地,声闻于梓里(9画字)　　秭

注:谜底"秭"字,古代数目指一万亿;"秭"加"归"字成"秭归",是湖北地名;"秭"的读音又与"梓"相同。

10画字

主动投币(10画字)　　钰

注:谜面是公交用语。"主"变动后成"玉",币会意扣"金"。

个个奔向前(10画字)　　笑

注:个个扣"竹","奔向"二字的前头部分组成"夭"。

月临小屋上（10画字） 屑
注：屋上扣"尸"，加"月"和"小"即成
　　"屑"。

百姓有盼头（10画字） 眠
注：面出清末歌谣。百姓扣"民"，盼头扣
　　"目"。

银床一半空（10画字） 根
注：面为唐代令狐楚诗句。取"银床"二字
　　的一半，即"根"。

东北抗联人同心（10画字） 倍
注："抗联"二字东北方位的部件是"亠"
　　和"丷"，"同"心为"一口"，加"人"
　　（亻）即成"倍"。

夜临易水别壮士（10画字） 浆
注：夜扣"夕"；别壮士，是指将"壮"之
　　"士"别去；"夕""丬"与"水"组成
　　谜底。"易"字起变动调整的作用。

边哨秦兵半不归（10画字） 积
注：边"哨"扣"口"，"秦兵"各取一半为
　　"禾八"。

西班牙东部（10画字） 琊
注："班"字西边为"王"，"部"字东边为
　　"阝"，中间有个"牙"字，组成谜底。

有前科的女人（10画字） 倭
注：谜面为外国电影名。前科为"禾"，与
　　"女人"合成"倭"字。

站起来，莫低头（10画字） 苻
注：站起来扣"立"，"莫"与"低"的部首
　　为"艹"和"亻"。

嵩山颖水行去，孤树残花凋零（10画字） 颂
注：嵩山颖水行去，余"松"和"顷"。再
　　将"松"字中的孤树（木）和"顷"字
　　中的"残花"（匕）去掉，剩下"公"

和"页",合成"颂"字。

两行泪洒膝前儿（10画字） 脁

注:"膝"前扣"月",两行泪洒在"儿"上,
成"兆"。"月""兆"合为"脁"。

崇尚先进朝前走（10画字） 峭

注:"崇尚"之先为"山"和"小";"朝"
之前走掉,余"月"。

惊心未定认归人（10画字） 谅

注:"惊"之心未定,为"京";"认"归去
"人",为"讠";二者合成"谅"字。

湖心岛上梅初发（10画字） 梧

注:"湖"心扣"古";岛上,取"岛"字最
上面的一撇;"梅"初发,扣"木"。

湘西宅第船山居（10画字） 润

注:湘西扣"氵";宅第扣"门";船山,
指明末清初思想家王夫之,扣"王"。

潜心十载冠一时（10画字） 悖

注：冠，象形扣"冖"。一时，别解为第一个时辰，即子时，扣"子"。

要生存先把泪擦干（10画字） 凊

注：面为电视连续剧《上海一家人》片尾曲歌词。

未满十八，便成楷模（10画字） 样

注：未扣"羊"，十八扣"木"，组成谜底"样"，并以"楷模"会意提示。

当我和她分别后（10画字） 娥

注：谜面为电影《冰山上的来客》中歌曲《怀念战友》的歌词。"她"字分离后半部分，余"女"，与"我"合成谜底。

11画字

君不能退也（11画字） 琎

注：君扣"王"；不能退，扣"进"。

鬼车鸟（11画字）　　　　　　　　　　　馗

注：鬼车鸟，一名九头鸟，传说中的鸟名。
　　谜底析作"九首"。

妇联主任（11画字）　　　　　　　　　　婠

注：谜底析作"女官"以扣合谜面。"婠"
　　是体态品德美好的意思。

我的太阳（11画字）　　　　　　　　　　晤

注：谜面为著名歌曲。我扣"吾"，太阳扣
　　"日"。

无出颜谢之右（11画字）　　　　　　　　谚

注："颜谢"指南朝宋诗人颜延之、谢灵运。
　　扣谜时，系将"颜谢"二字的右边去
　　掉，即成谜底。

女排出手就告捷（11画字）　　　　　　　婕

注：此谜用叫入叫出法。意即"女"字排除，
　　再出现一"手"，即是"捷"，故推出
　　谜底是"婕"。

画中题一句（11画字）　　　　　　　　　　匓

注："画"中为"田"，加"句"字再题上
　　 "一"，便成"匓"字。

秋后百卉殚（11画字）　　　　　　　　　　铓

注：秋对应五行中的"金"，故扣以"钅"；
　　 百卉殚，以"草亡"的意思扣"芒"。

泉水出自山（11画字）　　　　　　　　　　皍

注："泉"之水出，余"白"；自扣"己"；
　　 两部与"山"合成谜底"皍"。

清净在音闻（11画字）　　　　　　　　　　聍

注：面句出自《楞严经》。谜底析作：耳宁。

剩下的一角（11画字）　　　　　　　　　　斜

注：面为电视剧名。剩下扣"余"，角扣
　　 "斗"。

立下誓言人争先（11画字）　　　　　　　　掀

注：立下誓言扣"扸"，人争先扣"欠"。

古刹幽篁入诗篇（11画字） 谝
注：古刹指寺，幽篁指竹。"寺、竹"进入后成为"诗篇"二字，逆推出谜底"谝"。

一半诗韵已详熟（11画字） 谙
注："诗韵"二字各取一半，组成"谙"，详熟之意。

花前卧看日西沉（11画字） 萝
注：花前为"艹"；卧看，是将"目"字作卧倒形状，成"罒"；日西沉，会意为"夕"。

低声凝目倚郎边（11画字） 瞯
注：低声，指"声"的低处部分，即"尸"；郎边取"阝"；"尸""阝"与"目"凝合而成"瞯"。

匆匆写了一封信（11画字） 菡
注：面底会意相扣，意即"草成一函"。

江头杨柳正依依（11画字）淋

关心边区走陕西（11画字）　　　　　　　　慳

注："区"的边为"匚"；"陕"字的西边走
　　掉，余"夹"；关合一个"心"（忄），
　　即成谜底。

江头杨柳正依依（11画字）　　　　　　　　淋

注：谜面出自宋·汪元量《湖州歌九十八
　　首》。

陶令别邻已廿载（11画字）　　　　　　　　萄

注："陶令"二字别去"邻"字的构件，再
　　载上"廿"（艹），即成"萄"。

东阳塘西出孝子（11画字）　　　　　　　　堵

注：东阳，取"阳"之东边，为"日"；塘西，
　　指"塘"之西边，为"土"；"孝"字离出
　　"子"后，与"土""日"合成"堵"字。

白头尚有雄心在（11画字）　　　　　　　　徜

注：白头取"丿"，雄心扣"亻"，与"尚"
　　合成谜底。

上岗必戴安全帽（11画字） 密
注：上岗扣"山"，戴上一个"必"，再安上一
　　个帽子（象形为"宀"），即成谜底"密"。

燕飞北方到大庆（11画字） 庶
注："燕"字飞去"北"和"方"（口），余
　　"廿"和"灬"；到大庆，反推得"广"。
　　最后拼合成"庶"。

洞前猴儿着小冠（11画字） 渖
注：洞前为"氵"；猴儿借代扣"申"；小
　　冠即小帽，象形扣"宀"。

空山雨后草长了（11画字） 菡
注：空山扣"凵"，雨后取四点，与"草"
　　（艹）和"了"组成谜底。长，生长，
　　扣谜时起抱合作用。

绿卉初侵断桥头（11画字） 续
注："绿卉"二字的初始部分，取"纟、十"；
　　断桥象形。

闺中针线岁前多（11画字）　　　　　　　崖
注：谜面出自清代诗人查慎行的《凤城新年
　　辞八首》（其六）。闺中为"圭"，岁前为
　　"山"，一"针"一"线"象形为"厂"。

离别东都独向西（11画字）　　　　　　　猪
注：离去"都"的东边，加上"独"的西边，
　　即成"猪"字。

浮华背后见劳心（11画字）　　　　　　　脖
注："浮华背"三字的后部分，加上"劳"
　　字中间的"冖"，组成"脖"。

盛名之下变化大（11画字）　　　　　　　盒
注："盛名"之下半部，取"皿、口"，再将
　　"大"字变化，组合成谜底。

暮雨声从叶上来（11画字）　　　　　　　液
注：暮扣"夜"，雨扣"水"（氵），谜底
　　"液"字读起来的声音与"叶"字
　　相同。

焰火放罢闹市散（11画字） 阎
注："焰"字放掉"火"，"闹"字散去"市"，
　　所余部分组成谜底。

慢慢爱上一个人（11画字） 僵
注：慢慢扣"冉"，与"爱"上部的"爫"
　　和"人"（亻）组成谜底。

明日要走，留下一言（11画字） 谓
注："明"字去"日"，余"月"；留下为
　　"田"；加"言"（讠）成"谓"。

在地愿为连理枝（11画异体字） 埜
注：谜面为唐•白居易《长恨歌》诗句。
　　地扣"土"，连理枝扣"林"。埜，同
　　"野"。

听不见马嘶，只闻得棋声（11画字） 骐
注："马嘶"二字不见"听"之构件，成
　　"骐"，读音与"棋"相同。

12画字

硬币（12画字） 铿
注：硬扣"坚"，币扣"金"。

五台有怀（12画字） 崽
注：谜面系康熙御制诗篇名，以五台扣"山"，怀扣"思"。

读书击剑（12画字） 斌
注：读书为"文"，击剑为"武"。

孟子离娄下曰（12画字） 媪
注：《孟子》中有"离娄下"三十三章。"孟"离去"子"余"皿"，娄下为"女"，与类似于"曰"形的部件构成谜底"媪"字。

斯是荆室（12画字） 赀
注：谜底析作：此内人。荆室，犹荆妇，称己妻的谦词。

新官上任（12画字）　　　　　　　　　　　　焱

注：俗谚"新官上任三把火"，故扣之。

澜沧江畔（12画字）　　　　　　　　　　　　淼

注：谜面为长篇小说名，亦有同名电影。"澜沧江"三字偏旁均为"氵"（水），故以三个"水"相扣。

廿载辛苦足（12画字）　　　　　　　　　　　辜

注："廿"（廿）载入便成"辛苦"二字，倒推出谜底是"辜"。

仙鹤一去蓬莱远（12画字）　　　　　　　　　催

注：蓬莱，传说中的岛名。谜面"仙鹤"两字，离去"一"和"岛"的字形部件，即成谜底。

岳雷扫北除恶首（12画字）　　　　　　　　　崽

注："岳雷"二字扫去北部，余"山、田"；除去"恶"字之首，余"心"。三个部件组合为"崽"字。

人立村头迎客来（12画字）　　　　　　　傈

注：村头扣"木"，客扣"西"，与立人（亻）
　　组成谜底。

小小西院日照中（12画字）　　　　　　　隙

注：西院扣"阝"，与"小、小、日"组成
　　谜底。

天上清光留此夕（12画字）　　　　　　　腋

注：谜面出自宋代蔡襄《上元应制》诗。天
　　上清光扣"月"，夕扣"夜"。

独向西域觅封侯（12画字）　　　　　　　猴

注：独向西域，指"独"字的西边，取
　　"犭"，再将"侯"字存封，组成"猴"
　　字。

涧边草合迷前路（12画字）　　　　　　　落

注：涧边扣"氵"，迷前路别解为"路"之
　　前部迷失，余"各"，与"草"（艹）合
　　为谜底。

四方同心定向前(12画字)   富
注：四方扣"田"，同心为"一口"，"定"
　　字的前面为"宀"。

西湖移向枕边看(12画字)   湘
注：面为夏承焘诗句。西湖为"氵"，枕边
　　为"木"，看义扣"目"。

吃苦在前心犹安(12画字)   惹
注："吃苦在"三字各取前半部分，组成
　　"若"，再安上一"心"，即为谜底。

回看正是邓石如(12画字)   皖
注：邓石如，清代著名篆刻家、书法家，号
　　完白山人，亦称邓完白。

斜阳一抹照东陵(12画字)   殗
注：斜阳扣"夕"，"一"抹上去成为"歹"，
　　与"陵"字东部之"夌"照应关合，得
　　出谜底。殗，读 líng，《康熙字典》：殗
　　殗，鬼出也。

先锋驾车过边塞（12画字） 链
注：先锋取"钅"，"过"字的边为"辶"。
　　塞，作填塞解。

次子从台南来电（12画字） 鼋
注：次子扣"二儿"，"台"之南为"口"，
　　来一"电"字，组成谜底。

江头日下雁归来（12画字） 湜
注：江头扣"氵"，雁象形为"人"字，与
　　"日、下"组成谜底。

执矛跨马追残敌（12画字） 骛
注：残敌，取"攵"，与矛、马组成谜底。

班前班后搞竞赛（12画字） 琵
注：班前班后为两个"王"，竞赛义扣"比"。

倡议出后和者多（12画字） 储
注："倡议"二字出掉后半部，余下"亻
　　讠"，再多一"者"字相和成"储"。

惊忧之心全解除（12画字）　　　　　就
注："惊忧"二字的"心"（忄）解除，成为
　　"就"字。

边锋两人，前场紧逼（12画字）　　　锉
注：边锋指"钅"，前场取"土"，加上两
　　个"人"即为"锉"。

毕业之后，走向四方（12画字）　　　塄
注：毕业之后，取"十、一"，合成"土"；
　　走向，扣谜时作接近解。塄，田地边上
　　的小坡，读léng。

听令即收，点到为止（12画字）　　　跅
注：将"听""、"（点）"止"收拢一起，组成
　　谜底。跅，读tuò。跅驰，放荡不羁。

作一幅中堂，写两个篆字（12画字）　喙
注："堂"字的中间，取"口"；由写上两个
　　"个"能成"篆"字，倒推出"篆"字
　　下部的"彖"。二部与"口"合成谜底。

分明是，梁山泊上矮脚虎（12画字） 瑛
注：谜底析作：王英。"矮脚虎"大名王英。

半融远山景，桃林处士在（12画字） 蚌
注：半融取"虫"，远山象形为三角形状的
    "厶"，桃林处士指"牛"，合起来便
    是"蚌"字。

组织人手，植草种树（12画字） 搽
注：将"人"、"手"（扌）、"草"（艹）、
    "树"（木）组合起来，即为谜底。

须臾人离去，抬头望千回（12画字） 插
注：须将"臾"字离去"人"，将"抬"之
    部首"扌"和"千"回归组合，方可成
    "插"字。

金莲低下头，说一声知也（12画字） 跮
注：金莲会意为"足"，"低"前头之"亻"
    下掉，余"氐"；后一句为提音，谜底
    读音同"知"。跮，有两种读音，一为

dì，一为 zhī，扣本谜时取后者。据《汉语大词典》：跊，同"胝"，皮上硬茧。

展开黄绢念之，张旭书法盖世（12画字） 绝

注：此谜双扣。谜底之字，展开来便是"黄绢"（色丝）和"念"（廿）；张旭书法盖世，指其草书是一绝，会意为"草绝"。

新西藏，旧西藏，展柜前，看得清（12画字） 晰

注：将"新""旧"二字的西边部分"亲""｜"藏去，剩余"斤、日"，再展示出"柜"字的前头部分"木"，组成谜底"晰"。晰，是清楚的意思。

13画字

搔首复弄耳（13画字） 摄

注：搔首为"扌"，复扣"双"，与"耳"组成谜底。

西铁城表（13画字）　　　　　　　　　　锗
注："铁"和"城"的西边（左边）为"钅"
　　和"土"；表，别解会意为表白，故扣
　　"白"。

何时儿童节（13画字）　　　　　　　　脂
注：谜底析作：六月一日。

鄂赣毗邻处（13画字）　　　　　　　　障
注："鄂赣"两字的毗邻处，即"阝"和
　　"章"。

缅怀千载人（13画字）　　　　　　　　稔
注：谜面出自南宋·张栻《斜川日雪观所赋》
　　诗。缅怀扣"念"；"千"字载上"人"
　　字，为"禾"。

与妻剪烛小窗前（13画字）　　　　　　蜗
注：妻，扣"内"（指内人）；剪烛扣"虫"；
　　小窗，象形为"口"。

花前两对小朋友（13画字）　　　　　　　蒜
注：花前为"艹"；一对小朋友为"二小"，
　　扣"示"，两对即两个"示"。

杨志"一时性起"（13画字）　　　　　　　解
注：用《水浒传》杨志卖刀故事。谜底析作：
　　刀角牛。角，角斗；牛，牛二。

拼命三郎小霸王（13画字）　　　　　　　碉
注：谜面是《水浒传》人物石秀和周通的
　　诨号。

门前修竹遮明月（13画字）　　　　　　　简
注：修竹，原意是细长的竹子；扣谜时，
　　修，解作"修建"之意；"明"之"月"
　　遮住，剩"日"。"日"与"门""竹"
　　组成谜底。

步行一夜到关西（13画字）　　　　　　　趔
注：步行扣"走"，一夜扣"一夕"，"到"
　　字关掉西边，余"刂"。

门前修竹遮明月（13画字）简

丝织厂里来蹲点（13画字） 缠
注：丝，简作"纟"；织，引申为构成；"厂里"蹲一"点"，是"㕙"；两部合成"缠"。

乱载千桐意密密（13画字） 稠
注："千桐"二字打乱成"稠"。稠的意思是"密"。

残碑剥落蝌蚪文（13画字） 稗
注：残碑取"卑"，"蝌"剥落"蚪"字余"禾"。

堂前竹影月送来（13画字） 筲
注：堂前，指"堂"字的前端，形似"小"。筲，读shāo，本义为盛饭的竹器。

老树掩村枝半枯（13画字） 鼓
注：老树，是指旧时的繁体字"樹"。"樹"掩去"村"为"壴"，枝半枯取"支"，合成"鼓"字。

竞雄别夫赴东邻（13画字）　　　　　　　鄞

注：竞雄，即秋瑾，其夫姓王，"瑾"别去
　　"王"，余"堇"。东邻，措面本意代指
　　日本，扣谜时取其字形方位，"邻"之东
　　为"阝"。"堇""阝"合成"鄞"。

曲园一角传书声（13画字）　　　　　　　毹

注：曲园，别解指清代学者俞曲园，扣
　　"俞"；一角即一毛钱，扣"毛"。毹，
　　读音与"书"相同。

沿海午后刮飓风（13画字）　　　　　　　滇

注：沿，作"边"解，"海"之边即"氵"；
　　午后扣"十"；"飓"之"风"刮去，余
　　"具"。

偶向江边采白蘋（13画字）　　　　　　　满

注：谜面出自唐·于鹄《江南曲》诗。偶，双、
　　对，扣"两"；江边取"氵"；白蘋，一种
　　浮草，扣"艹"。三者合成谜底。

湖畔花前两依依（13画字）　　　　　　　满

注：湖畔为"氵"，花前为"艹"，将"两"
　　字相依，即为"满"。

待兔陇亩亦无迹（13画字）　　　　　　　遛

注：兔扣"卯"，陇亩扣"田"，"亦"无"迹"
　　扣"辶"，合起来便是谜底"遛"。

深宫楼头烛照人（13画字）　　　　　　　煲

注："宫"字的深处，取"口"，楼头为
　　"木"，烛扣"火"，加"人"（亻）合
　　成"煲"字。

三元里抗英谁为首（13画字）　　　　　　韪

注：问答体谜，谜底析作：是韦。"韦"指
　　韦绍光。

霜降后二日偶成（13画字）　　　　　　　雷

注：谜面为董必武诗目。"霜"字降去后半
　　部，余"雨"；二日，是指两"日"相
　　连而成"田"。

站在一边，请勿多言（13画字） 靖
注：站在一边扣"立"，请勿多言扣"青"。

游罢碣石，下笔题之（13画字） 毾
注：碣石，山名，曹操诗有"东临碣石，以
观沧海"，毛泽东词有"东临碣石有遗
篇"。扣谜时，是将"碣"之"石"游
离，余"曷"，再将"笔"的下半部写
上，即成谜底。

除数四点五，正好没余数（13画字） 鄢
注：除数没余数，即剩"阝"；五，转化为
形似阿拉伯数字5的"与"；加上四个
点和"正"字，组成谜底"鄢"。

诗仙有傲骨，无骨非诗人（13画字） 骜
注：谜面自行抵消。也可猜嶅、鳌，皆属同
一字。

人到渔村后，见了都说富（13画字） 鲋
注："渔村"二字的后半部为"鱼、寸"，加

"人"（亻）即成"鲋"。后句为提音，提示谜底这个字读音同"富"。

命令一下，立即上车，重赴前线（13画字） 辔

注："命"字去"令"，余"口"；前线扣"纟"；重，指重复，表示两个。

告别昨天，从头再来，点滴做起（13画异体字） 筰

注：告别昨天（日），余"乍"；"从"字放上头，再加点滴（丶）和"做"字的起笔"亻"，合成谜底。筰，读zuó，同"笮"。

14画字

个个吃苦在前（14画字） 箬

注：个个扣"竹"（竹），"吃苦在"三字的前面部分，合为"若"，加"竹"成"箬"。

从来一别又经年(14画字) 精
注:谜面为鲁迅诗句。从"来"字上面别去
　　"一",余"米";年即十二月,扣"青"。

西子百灵傍水飞(14画字) 鹕
注:西子指西子湖,"湖"字去"水"(氵)
　　余"胡",百灵扣"鸟",合为谜底。

枝头暗香带春雨(14画字) 榛
注:枝头扣"木";暗香、春雨,指"香、
　　春"二字不见"日",合而成"秦"。
　　"秦"加"木"即为谜底。

疏雨吹入西林(14画字) 㯊
注:疏雨扣"氵",西林扣"木",再进入
　　"吹"而成"㯊"字。

麋鹿奔走崇山下(14画字) 粽
注:麋鹿奔走扣"米",崇山下扣"宗",
　　合为"粽"字。

拟在西厢会莺莺（14画字）　　　　　　　　摧

注：《西厢记》中的莺莺，姓崔，故以莺莺
　　扣"崔"。拟在西厢，扣谜时西厢作西
　　边解释，即取"拟"字的西边"扌"。

好景在前，转眼又回（14画字）　　　　　　嫚

注："好景"二字，在前头的部分是"女"
　　和"日"；转眼为"罒"；再将"又"
　　字回归，组成谜底。

来简拆后看，归期在下月（14画字）　　　箕

注：简，拆去后半部分，余"𥫗"；期，卸
　　下"月"，余"其"。

斜雁经东陌，残红落北窗（14画字）　　　缩

注：斜雁如"亻"，东陌为"百"，残红扣
　　"纟"，北窗取"宀"。

持短兵，带竹箭，下令直向楚北行（14
画字）　　　　　　　　　　　　　　　　疑

注：短兵扣"匕"，竹箭扣"矢"，"楚"北

之"林"行去而余"疋";三者与"令"的下方部件合成谜底。

才放梅花数点,又闻白鹭一声(14画字) 㳖

注:扣谜时,梅花别指作梅花鹿,数点取三点,然后以下句提音并限定谜底。㳖,读音同"鹭"。

柳前离散泪点点,从此有子觅不见(14画字) 孵

注:柳前离散,为"卯",加上象形的点点泪,成"卵";"觅"之"见"不存,有"子"相从,成"孚"。

十二个回合(14画繁体字) 箇

注:两(二)个"个"为"竹"(竹)。与"十"和"回"组合成底。

15画字

个簃印集（15画字） 璋

注：王个簃为现代著名书画篆刻家，出版有《个簃印集》等。

饮之念之（15画字） 噶

注：饮扣"喝"；念，别解为数量词二十，即"廿"。

从前官僚害死人（15画字） 寮

注："僚"去掉"人"（亻）余"尞"，加上"官"的前面部分"宀"，即为"寮"。

何以能常乐（15画字） 踋

注：问答体谜。底字析为"知足"。

别去鸿江舟已遥（15画字） 鹝

注："鸿"之"江"别去，余"鸟"；舟，象形作"遥"字中的"辶"；已，作罢了，完结解。

未到峰顶意已懒（15画字） 羰
注：未扣"羊"，峰扣"山"，意已懒扣
　　"灰"。羰，读音tāng。

翦雨捎风老树心（15画字） 澍
注：老树，指繁体字"樹"，心即中间；翦
　　雨捎风，以象形扣三点三撇。

党教儿去西柏坡（15画字） 樘
注：西柏坡别解为"柏坡"二字的西边，即
　　"木"和"土"。

先易后难推进之（15画字） 遐
注：取"易"的前半部和"难"的后半部，
　　再推进一个"之"，即谜底。遐，读
　　xiān。

愚者无心顾后来（15画字） 颙
注：愚者无心为"禺"，顾后为"页"。颙，
　　读yóng。谜面讽刺了只顾眼前、目光
　　短浅的愚者。

晨时披衣看日出（15画字）　　　　　　褥
注："晨时"二字加上"衣"，去掉"日"而
　　成"褥"。

皓首而归扉始开（15画字）　　　　　　靠
注："皓"字部首归去剩"告"，"扉"的初
　　始部分离开余"非"，两者归一而成
　　"靠"。

怀眷空望月如水（15画字）　　　　　　滕
注："眷"空去望（即"目"，看的意思），
　　与"月"和形近的"水"（氺）合成
　　"滕"。怀，作"包藏"解。

渔童，你不要再哭泣（15画字）　　　　鲤
注："渔童"二字去掉"泣"字部件，即为
　　"鲤"。

"双百"并重成就大（15画字）　　　　　奭
注：双百，意思两个"百"，"大"直接取
　　用。组合为底字"奭"。奭，读 shì。

红与白,是与非,交织在一起(15画字)　　　　　　　　　　　　　　　赭

注:红扣"赤",是与非引申为正负号,扣"土"。赭,读zhě。

前线昂首归来,来到大会堂前(15画字)　　　　　　　　　　　　　　　缭

注:"前线昂"三字的首先部分,与"大"及"堂"字的前部"小",会合成"缭"。

拼命三郎百胜将,两位大名先后闻(15画字)　　　　　　　　　　　　　稻

注:《水浒传》人物"拼命三郎"石秀和"百胜将"韩滔,两位各取名字"秀""滔"的前后部分,即成"稻"字。

多笔画字

此行何处(多笔画字)　　　　　　　　趑

注:谜底析作"走咨"。趑,读zī,古同"趦",难行之意。

语罢暮天钟（多笔画字）　　　　　　　　　　蹑

注：谜面为唐代李益诗句。谜底析作：人口
　　止日下。会意扣合。踶，读 dì。

入眼修竹遮云天（多笔画字）　　　　　　　篡

注：遮云天，指"云天"二字有遮挡；眼，扣
　　"目"；修，此处作动词，起抱合作用。

水阁紧依文澜阁（多笔画字）　　　　　　　斓

注：由"水阁"二字紧依后会变成"文澜
　　阁"，可推断出谜底为"斓"。

蒹草萧萧洞庭初（多笔画字）　　　　　　　濂

注：蒹草萧萧为"兼"，与"洞庭"二字的
　　初始部分"氵、广"组成谜底"濂"。

人民五亿不团圆（多笔画字）　　　　　　　篱

注：面句出自毛泽东《浣溪沙·和柳亚子先
　　生》词。谜底拆为"个个离"以扣合
　　谜面。

书家宋之芾，画家明之寅（多笔画字）　糖
注：米芾，宋代书法家；唐寅，明代画家。

东湖好，朗月照佳处（多笔画字）　　　膳
注：此谜双扣。湖之东扣"月"，好扣"善"；
　　佳亦扣"善"，《说文》：佳，善也。

天下多豪杰，雄才始成霸（多笔画字）　霙
注：此谜双扣。前一句，天下别解扣"雨"，
　　豪杰扣"英"；后一句，雄才扣"英"，
　　"霸"之初始为"雨"。

两个娃娃，要上镜头（多笔画字）　　　镖
注：两个娃娃扣"二小"，要上扣"西"，
　　镜头扣"钅"。

美人一别兮，我若有失矣（多笔画字）　羲
注："美"字别去"人""一"，加上"兮"
　　字和稍有残缺的"我"字，成为王羲之
　　的"羲"字。

有弟皆分散,无家问死生(多笔画字)　　篱

注:谜面出自杜甫《月夜忆舍弟》诗。会意
　　谜面,底字析作"个个离"。

邦森知不可敌,侧身避,碑裂为数段
(多笔画字)　　　　　　　　　　磡

注:谜面为石达开与陈邦森比拳的典故。谜底
　　析作"石甚力",意即石达开很有力量。

洞中开宴会(多笔画字)　　　　　窾

注:谜面出自毛泽东《临江仙·给丁玲同志》
　　词。洞中扣"穴";开宴会扣"款",
　　款待之意。

圣叹投帖于府内(多笔画字)　　　镧

注:圣叹,即金圣叹,扣"金"(钅);帖即
　　柬帖,扣"柬";府即家宅,扣"门"。

幢幢灯影话前欢(多笔画字)　　　燮

注:幢幢灯影扣两个"火";话扣"言";前欢,
　　指"欢"字的前面部分,扣"又"。

早安，扬州（多笔画字）　　　　　　　　　簹

注：竹西指扬州。

廿四桥畔惊初见（多笔画字）　　　　　　　憕

注：桥象形为"冖"，"惊"的初始部分为"忄"，见扣"目"。

杉杉西服展示会（多笔画字）　　　　　　　襟

注："杉杉"的西边为两个"木"，服扣"衣"，再展现一个"示"，组成谜底。

落款元章（多笔画字）　　　　　　　　　　糬

注：落款，即署名，扣"署"；元章，即宋代书法家米元章（米芾），扣"米"。

镜头不要用手擦（多笔画字）　　　　　　　镲

注：镜头扣"钅"；不要用手擦，扣"察"。

残酒半盅对剩蔬（多笔画字）　　　　　　　醯

注：残酒取"酉"，半盅取"皿"，剩蔬取"蔬"字的最后部分"㐬"，合为谜底。

燕市天如晦（多笔画字） 黥

注：谜面出自严复《戊戌八月感事》诗。燕市扣"京"，天如晦扣"黑"。

日落归之见书圣（多笔画字） 曦

注：谜面提示，底字如果落去"日"，归入"之"，便成"羲之"，即被誉为"书圣"的东晋书法家王羲之。由此推出谜底"曦"。

山色初临轩窗低，残花影自明月来（多笔画字） 巉

注：轩窗象形"口"，残花影扣"比"，月亮以"兔"借代，加上"山"以及"色"的初始部分，合为谜底。

河边有座鹳雀楼，鸟飞雀离楼空空（多笔画字） 灌

注：河边为"氵"，"鹳雀楼"三字中的"鸟、雀、楼"抵消掉为"雚"，组合得底。

酒后一曲登高去（多笔画字） 醴
注：酒后为"酉"；"登"的高端去掉，余
　　"豆"；加一"曲"即成"醴"。

左江风光入此笺（多笔画字） 灏
注：左江位于广西境内。"江"字的左边为
　　"氵"，风光扣"景"，笺扣"页"。

相思又廿载，表白已千回（多笔画字）鼗
注：相思，代指相思豆，故扣"豆"；廿，
　　即两个"十"；皁，表示"白"与"千"
　　的重合；加上前面的"又"，组成谜底。

村后墓碑前，少陵泪涟涟（多笔画字）磺
注：村后为"寸"，墓碑前为"艹"和"石"；
　　少陵即杜甫，扣"甫"；泪涟涟形扣"氵"。

转眼画皮成一怪（多笔画字） 羁
注：转眼扣"罒"，皮扣"革"，怪扣"奇"。
　　画，写的意思，在谜中作抱合词。羁，
　　读 jī，古同"羁"。

于今一流,云南贵州(多笔画字)　　　黕

注:流指"水",由"今"和"水"(氵)加入即成"黔滇",可推出谜底"黕"。黕,读zhěn,黑貌。

行为美(多笔画字)　　　趰

注:行,行走;美,赞美。

两点疏星落庄外,一双瞳仁剪淮水(多笔画字)　　　癯

注:上句扣"疒",下句扣"瞿"。癯,读qú,瘦的意思。

牵衣执手对梨花(多笔画字)　　　襻

注:牵衣,得到"衣"(衤);执手,得到"手"(扌);梨花,别指古代巾帼英雄樊梨花,借代"樊"。"衤""扌""樊"组合成底字"襻"。

作品赏析

尾生独念伊（少笔画字）一

杨耀学/评析

在谜底是"一"的专题字谜创作赛中，本谜最值得推崇。它用一个知名典故，通过谜面分段别解，以形、义、音三法分别扣底，面却只有五字，极为简练，足堪载入谜史。

从谜道上看，五字分三段：尾生/独/念伊，每段均可扣"一"。"尾生"，解作"生"字末尾之笔，取舍清楚，方位明确，语句通顺。"生"之"尾"只是"一"毋庸置疑，不像有些谜指示不准，用了"终""尽"等字眼，却截取字的大半部。"独"，义为"单独""唯一"，扣"一"十分得当；"伊"与"一"，"念"之同音，皆读 yī。三扣皆切，谜解无瑕。

"独念伊"三字之撰，得典之神，意境优雅。"尾生抱柱"的故事，传之千年，脍炙人口，凄美而感人。它见于《庄子·盗跽》："尾生与女子期于梁下，女子不来，水至不去，抱梁柱而死。"为何坚守不去？就是想念她。念，就是守望，是爱的至高境界。"伊"在近百年来专指女性，是"她"的前身，且有感情色彩。用词之专，见证了用情之专。这是一种诚信啊。李白诗"长存抱柱信"，谜人张长水以"尾生抱柱"猜"善男信女"，皆着眼于"信"，信是爱的根基。"忠""诚"凝结为"信"，"海誓山盟"就是"信"，因为重信，才"独念伊"。细品"独"，可以是尾生，"人涉卬否"独等你（卬读 yǎng，古同"仰"）；可以是"伊"，"我心里只有你"。"人世间有百媚千红，我独爱你那一种！"

字谜精品，雄视千年。五字三层扣，一吟双泪流。

有心趁其不注意,凑上小嘴亲一亲
(少笔画字)勿

汪德亨/评析

面句通俗活泼,生动地描绘出"被爱情遗忘的角落"里一对小青年初恋时那害羞而又亲昵的情景,刻画入微传神。"小嘴"用词使我们明白更主动一点的当是小姑娘,她大胆地冲破闭塞的农村那"男女授受不亲"观念,带着对爱的向往,勇敢地尝一尝这"吻"的滋味。此谜采用双扣法成谜。前句是说,底字若加上"心"即成"忽",其义为"不注意";若底字凑上一"口"(小嘴),即成"吻"字,其义为"亲一亲"。如此双重踏实,确切不移,谜底"勿"字令人难忘。

认得易安为词人（5画字）司

汪德亨/评析

李清照（1084—约1151），北宋女词人，号易安居士，济南人，著有《易安词》等。父李格非为当时著名学者，夫赵明诚为金石考据家。早期生活优裕，与明诚共同致力书画金石的搜集整理。金兵入侵中原后，流寓南方，明诚病死，境遇孤苦。所作词，前期多写其悠闲生活，后期多悲叹身世，情调感伤，有时也流露出对中原的怀念。

人云制字谜难，制好的字谜更难。制字谜一般都东拆西凑而成，但此谜却与众不同，巧设玄机，不露痕迹。再三推敲，方识其中奥妙。面句别解作：若将谜底字"司"与变换位置的"认"安置在一起，即为"词人"两字。"易安"原为李清照之号，现变成两个动词，用得颇为巧妙。经此两处点拨，谜趣顿生。

一个简简单单的"勿"字，经作者"加

油添醋"这么一摆弄,竟能端出一盘美味可口的好菜来,可见作者手艺非同一般,称其为"特级厨师",想必也当之无愧!

桥头雨余春水生(7画字)沐

杨基平/评析

浮云载山山欲行,桥头雨余春水生。
便须借榻云林馆,卧听仙家鸡犬声。
——元•杨维桢《雨后云林图》

每次读到这首描写山水美景的诗,就仿佛看到流云在山间飘游浮动,远远望去,仿佛青山也在前行;雨后的桥头,春水涌动,直接天际。此时便想起故乡的小石桥。小桥横跨小河两头,岁月的沧桑已使小桥周身显得斑驳,桥体已结着墨绿的青苔,野草从砖石的缝隙里迸发出蓬勃的生机。

故乡的小石桥虽然没有"小桥流水人家"的诗情画意,也没有"二十四桥明月夜"的高古沧寒,更没有"一桥飞架南北"

的宏伟大气,却有"桥外波如鸭头绿""桥北雨余春水生,桥南日落暮如横"的胜境。

今读"桥头雨余春水生"猜"沐"字一谜,觉其扣合精巧、语境独特、格调清新,有种隽永和令人回味不已的意象。此谜制作手法多变,方位会意并用,借代双提兼施。"桥"头取"木","雨"即为"氵",抱合成"沐";"春"属"木","水"作"氵","沐"字跃然而出,佳构遂成。

如果说,杨维桢的诗句,乃有情之作,形式、笔墨、风格中浸满情感,致使意象、色彩、点线成为情感意绪的载体与象征,那么章镰君斯谜,则是平中见奇的作品,即便如此寻常山乡情景,也以深刻内涵而动人心弦,以情感的浓度唤起人的共鸣与回应,营造了"小中见大"与"奇中见正"的艺术效果和审美魅力。

存身尘间孙行者（6画字）在
搜索枯肠胡适之（7画字）杨

王东雄/评析

第一则谜作，题面中的"孙行者"系孙悟空拜师后，唐三藏给起的诨号。面句似述，孙悟空为保护三藏前往西天取经，流落凡尘，历经九九八十一难。第二则题面所述，当是现代学者胡适之在创作时冥思苦想、绞尽脑汁的情形。

评此二谜，不得不说起陈寅恪那个著名的"无情对"，上联"孙行者"对下联"胡适之"。陈寅恪的对子从表面看似是调侃，实含敬意。当年胡适（字适之）的禅学研究成就瞩目，对陈寅恪的不少学术篇章起到了催生作用。据查考，青年时代的胡适也颇好灯谜。1929年春节，胡适之将其收藏的《玉荷隐语》（费源著）作为新年礼物赠予好友叔永、沙菲（任鸿隽、陈衡哲夫妇），并在扉页题词，以纪念他们"当年做谜猜谜的乐事"。

两谜虽有别于福州双谜，却也相映成趣。第一则谜，采用题面叫出法而成，"存、尘"二字，减去"孙"，即可得"在"。第二则谜，采用题面叫入法，以"胡"适之，方得"枯肠"，反之则只有底字"杨"。"适"由人名转义为"往、归向"，"行"则作为衍消词，两字嵌入面句，承前启后，兼顾上下。"者、之"为虚词，其余各字起抱衬作用。两谜殊途同归，一出一入，收放自如，并皆佳妙，是以合而赏析。

大凡以字为底，因腾挪空间狭小，欲成其谜，唯有在面上暗藏玄机，巧设迷障，两则成谜均化有典为无典，借学者和传说人物之名而成，出乎意料之外，却在情理之中。两谜以拆字离合见长，形扣精准，不假雕饰，"适"可而"行"，均可谓"着一字而神韵出"，竟难分高下。

谜作者吐纳有术，运笔无痕，虽自拟面句，亦属天然造化；虽搜尽枯肠，亦难以追摹。谜家徐枕亚先生有云："文虎虽小道，然非心灵手敏者,不足以语此。"观此二谜,信然!

恰似浮云一一散(8画字)始

叶国泉/评析

面句的意思是比喻事物转瞬即逝,不留痕迹,有如过眼云烟,一飘而散。然而,作为灯谜作品,此谜对于笔者却并非过眼浮云,而是印象颇深。为什么?也许是本谜采用的正面会意与减损两种手法连接得极其自然、了无痕迹的缘故吧。欲破此谜,首先应想到:"恰似"可以同义会意扣"如";然后还应想到:"浮"有"空虚"之含义,"浮云一一散"是在暗示,"云"字中的"一一"两个笔画应该散去,从而余下"厶"字。最后将"如"与"厶"合二为一,谜底"始"就凸现在人们眼前。

本谜面句"恰似"二字往往由于不大显眼而容易让人忽视,而一忽视,你欲破谜就会感到茫无头绪。其实,无论哪一个字,谜作者都是故意与猜者捉迷藏,他们总会挖空心思来掩饰可能出现的破绽,不让你不假思索就一箭中鹄。因此,在探索字谜时,不要轻易放过谜面每一个字眼;或许你稍不留神,打开谜宫大门的钥匙就算在你眼皮底下你也会视而不见。

东陵被盗珠玉散(8画字)郏

顾为善/评析

东陵在河北省遵化市西,为清代皇室陵寝所在,是全国重点文物保护单位。葬有清太宗皇太极以下的清室列祖列宗,顺治帝、康熙帝、乾隆帝、咸丰帝、同治帝以及慈禧、慈安两后都葬在那儿。帝王家奢侈享乐于生前,暴敛厚葬于死后,陪葬的稀世珍宝甚多。清统治时期,谁也不敢在太岁头上动土。军阀混战时,有人闯入禁区,干了"鼓上蚤"望尘莫及的惊天动地的买卖。其中细节人言人殊,无法深究。

谜面取材于此,犹如史笔直书,洗练

信实。成谜用减法：东陵被盗，去了"陵"的东部，留下"阝"；珠玉散，"珠"去掉"𤣩"，余"朱"。二部组成谜底"邾"。在组合过程中，也做了点"小手脚"，"陵"的"阝"在左耳（阜的变形），"邾"的"阝"却是右耳（邑的变形）。制谜不是研究文字学，完全可以不管。但有时也还用得着文字学，如那个斜王旁（𤣩）本是"玉"的变形，散玉成了擒王，道理就在于此。这叫灵活运用，各取所需。只有具备驾驭文字功底者，才能左右逢源，得心应手。

草染桥头冰已化（9画字）荥

莫志刚/评析

字谜创作十分枯燥，因为它的回旋余地甚小，这就需要作者在拟面的遣字造句上下功夫。曾记得英国浪漫主义诗人雪莱在其诗作《西风颂》中云："如果冬天来了，春天还会远吗？"诗人请求西风帮助他扫去暮气，把他的诗句传播到四方，唤醒沉睡的大地。诗意沉寂、祷盼、被动、迷茫，而斯作题面"草染桥头冰已化"，如同一幅画呈现在眼前："染"与"已化"的点缀，激活了草、桥、冰的意境，顿见生机勃发、情趣盎然、清新怡人，已不再是无机的组合、静止的罗列。这生机和情趣，可以是构思画幅本身所蕴含而由谜人的灵心慧眼所发掘出来的，也可以是构思画幅时谜人心境的情感宣泄。正如谭献在《复堂词录叙》中所言："作者之用心未必然，而读者之用心何必不然。"

回首谜道，谜人将底字"荥"分解成"艹、冖、水"三部分，"染"乃传也，闲字不闲，巧作抱合；"已化"则写活了从"冰"到"水"的演变，举重若轻，转换无痕；诵读仄仄平平平仄仄，抑扬顿挫，朗朗上口；运用象形、离合两法中规中矩，脉络清晰明了。

其实，一则成功的谜作并非要浓墨重彩，也无需华丽辞藻。吾观此谜：（1）自然流畅，无所拘泥；（2）画面清晰，情感蕴藉；（3）符合谜法，不事猎奇。斯作绘景生动，通俗晓畅，以简驭繁，字字有据，抚今思昔，令我感慨！

残柳拂明月，相思寄一宿（9画字）昴

蔡建荣/评析

明月与相思，历来是诗人笔下爱咏之物。如唐·王贞白《长门怨二首·其二》有句："相思对明月，独坐向空楼"；王勃《江南弄》云："清风明月遥相思"；王维《伊州歌》叹："清风明月苦相思"；韦庄《浣溪沙》吟："夜夜相思更漏残，伤心明月凭阑干"；白居易《三年别》书："相望相思明月天"；刘长卿《石梁湖有寄》曰："夜上明月楼，相思楚天阔"。甚至连只流传下一首诗的张若虚，在他的传世名诗《春江花月夜》里也咏道："何处相思明月楼？"……

明月夜，人独倚，相思生。谜作者也忍不住对明月咏出："残柳拂明月，相思寄一宿"的感慨。虽是自撰谜面，其诗情画意，其浓浓情怀，与唐人诗句有异曲同工之妙。

然而谜作者此咏非唯抒发感情,更是暗藏机关,以离合、会意扣合字谜。"残柳"取"卯",是为残缺法;"拂明月"扣"日",是用减损法;两者组合成"昴"。本来到此,字谜已成,然而谜作者不满足现状,而以别解大手法,别开生面,于疑是山穷水尽处,忽然弄出一派柳暗花明景。"相思寄一宿"原意好像告诉读者整个晚上寄托相思,而入谜时,则将"相""寄"作了抱合词,以"思"解作"思考、思想",把"宿"从"夜"的义项上移开,注入新的含义——星宿。这么一来,"相思寄一宿"变成了让你去想一星宿名。那就是"昴",天文名词,读 mǎo,为二十八宿之一,西方白虎七宿的第四宿。至此方始明白谜作者前一句形扣"昴",后一句提示"昴"是一星宿。其构思之巧,其撰面之妙,其扣合之精,当令人击节!

数字达万亿,归来居鄂地,声闻于梓里
（9画字）秭

武 骝/评析

谜面分明在讲述着这样一个故事：一个自小离家的湖北佬，多年奋斗商海，竟创下亿万资产，一朝衣锦还乡，声名显赫，成为故里妇孺皆知的富豪人物。

质朴无华的面句，看似平淡，却不露声色地埋伏着层层机关。一个"秭"字，竟然在谜中掘出万股清泉。从字义着眼，找出了《诗经·周颂·丰年》中"万亿及秭"的数量代换；从地名中，发现了湖北"秭归"的清衍可能；接着又从字音中择出与之同音同调的"梓"字。作者抓住了这三个有着谜缘关系的"泉眼"不放，继而充分发挥其过人的创作技巧和演绎才华，精心连缀，用类似故事情节的叙述句，把一个个看似无关的素材编织成串。其中连缀字"来""里"与字素"归""梓"相配，熨帖自然，巧妙无痕。谜

面三句，谜法三变，多面击动，互为补充，把一个"秭"字解足析透。像这种运用多种法门掺揉化合的手法，在当今字谜创作中尚不多见，不是驾轻就熟、鬼斧神工，焉能构思出此等别出心裁、独具情趣的作品？

惊心未定认归人（10画字）谅

马啸天/评析

此作以隐遁之法，扣合谜底，可与"杜鹃啼了暗无声（字）明"一谜比美，颇有"异曲同工"之妙。造句新奇，含意动情，好似秦剧中薛平贵回窑，王宝钏惊惧失措，不认十八年远别归来的征人。谜面构词有境有情，令人有回味不尽之感。"惊心未定"者，"惊"字之"心"（忄）离去，存一"京"字。"认归人"者，"认"字归去"人"，也存一个简写的言旁（讠），所存的"讠、京"二字相合，自然组成谜底之"谅"字，全谜豁然露底。三吟谜面，情致萦回胸际，久久不息，可谓传神之作，不可多得。

东阳塘西出孝子（11画字）堵

郑江风/评析

孝乃德之本。上下五千年，在中国传统道德文化中，孝的观念源远流长，也涌现了无数感天动地的孝子孝女。在浙江东阳城东塘西村，流传着一个许姓孝子的故事。传说许孝子给父母守孝，足足在坟前守了9年，皇帝知道这件事情后，要召见这个大孝子。许孝子觉得，自己穿着素衣是不能见皇上的，于是在外面套了一件红袍。没想到皇帝见到穿了红袍的许孝子，极为生气（守孝居然穿红袍，可谓大逆不道），当即下令斩首示众。许孝子被杀后才露出了穿在里面的白孝服，皇帝一看，方知错怪了许孝子，于是封其为"孝子公"并从优抚恤。谜面所述，即据此而来。

我们再来看谜的扣合。"东阳、塘西"本是地名，现别解作"阳"的东边和"塘"的西边，分别扣出"日"和"土"；"出孝子"三字，则别具匠心，在不经意间将"孝"字中的"子"离析出去，完成谜底字形部件的精准扣合。此谜以俗典入谜，撰句自然，指示明确，扣底清晰，一气呵成，不露斧痕。

花前卧看日西沉（11画字）萝

莫志刚/评析

为了使被描述的事物更具特色，古诗中常用另类事物放在一起陪衬或对照，以此表现特殊的意境或独特的情感，这就是所谓的衬托手法。题面"花前卧看日西沉"，谜作者即采用了衬托中的反衬手法，借取"日西沉"的自然现象，喻示爱花惜花的心绪，乃余香精神添一半。其句意不循唐·温庭筠"愁红带露空迢迢"的悲观无望，亦未取唐·白居易"晚来唯有两枝残"的消极无奈。

作者制谜，畅抒情性，不拘琐屑。先将底字作上中下三段分解，"花前"取"艹"，

"卧看"使"目"转向,"日西沉"会意得"夕",随后一个"萝"字款款而来,闪亮登场。

斯谜题面动中有静,静中见动;景为情而布,情从景中来。就境界而言,显得空灵旷远,绵想极至,增强了作品的艺术美;就构思而言,并非满足字素拼凑成谜,求谜理更求诗理,得诗境之美,得诗法之活,得诗韵之巧。孰是诗孰是谜,似难辨矣!

闺中针线岁前多(11画字)崖
汪长才/评析

谜面出自清代诗人查慎行的《凤城新年辞》。诗句勾画出一幅迎接新年的生活画面——岁前腊月,大家闺秀中几个要好的姐妹聚在一起赶制刺绣的情景(因为岁前闺中针线活儿很多)。这种画面在许多古典小说及影视中时有出现。

这是一则以拆字为主,辅之象形扣合的字谜。"闺""岁"均为中心词,"中""前"

同是方位词,"闺中"扣"圭","岁前"取"山";以"一"象形一根针,以"丿"象形一根线,线穿在针上合之象形"厂"也!面句末字"多"应别解为增加或掺合之意。经此一解遂将"闺中"(圭)、"针线"(厂)、"岁前"(山)由下而上层层叠加拼装成底字"崖"。

此谜组合舍取,有迹可寻,尤其是"针""线"合之象形成"厂",惟妙惟肖,怎不叹其妙笔!

江头杨柳正依依(11画字)淋

李　平/评析

谜文如诗亦复如画,读之,犹如漫步大江一侧,觉春风扑面,闻江流有声,见杨柳依依……一片丽景,足以令人赏心悦目!然而作者的本意却非只在描写景物,实乃借景观的描绘而行其增损离合之谜法也:"江头"二字,犹云"江"字之首,从中先分离出一个"氵"来;再将"杨柳"二字追根求源而各作"树木"解，融会其意即成两个"木"字；终将"氵"（江头）、"木"（杨）、"木"（柳）三者合而为一，则谜底之"淋"出矣。或问："正依依"三个字如何入扣？答曰：此正是谜中之佳处，万不可存轻视之心。"依"者，傍也，取义为"靠近"。将两个"木"字靠近"氵"（水）边，并列之后即见谜底。谜面句出自宋代汪元量《湖州歌》，来历清楚。《诗经·小雅·采薇》有云："昔我往矣，杨柳依依。今我来思，雨雪霏霏。"其诗中之"依依"二字，本是形容柳条柔弱随风飘举不定之貌，然而一入谜中，竟至面目全非！故谜人常云：谜之佳趣，全在"别解"。"依依"二字寓意双关，作用于诗，可助其描摹景观；作用于谜，则具有动词之效用。一个"正"字，指明位置，揭示字形，亦功不可没。"正依依"三个字辅助文义，扩充内蕴，于诗于谜皆大有裨益，使通篇呈现出一派空灵清远之势，妙绝！若无此三字，则全谜不活亦复不真，必流于板板相扣，单调乏味；若无此三字，本谜便不能荣登佳作之榜，笔者这篇赏析文字也就无从写起了。

暮雨声从叶上来（11画字）液

邱茂文/评析

这是典型的"独脚虎"。所谓"独脚虎"，是指自拟或引用成句且符合声律的七字句挂面的谜条。反复赏读品味斯谜，悉其佳处有三，且看下文分解：

一曰意境美。作者自拟七言诗句布面，不但平仄合律（仄仄平平仄仄平），音韵和谐，读来朗朗上口，而且顺畅自然，意境优美，不乏诗情画意。日暮时分突然下起雨来，雨点打在树叶上，雨声从叶上传来，声声入耳。其意境仿若婉约派词人"宗主"李清照经典名作《声声慢·寻寻觅觅》中的"梧桐更兼细雨，到黄昏、点点滴滴"，但却一扫李词伤感情调，兴许还有"久旱逢甘霖"的惊喜呢。如此高明的自撰面文，当不亚于引用成句挂面，值得大力提倡，创作多多益善。

　　二曰扣合切。"液"可拆成"氵"和"夜"两个部件，如配面"暮雨"，"暮"会意扣"夜"，"雨"会意或象形均可扣"氵"，则成谜中规中矩，平正通达，只是过于单薄乏味，为此，聪明的作者"就想到了扩展谜面一途。扩展谜面常用的办法是双扣或多扣，双扣方式尤为常见。灯谜双扣是把谜面设计为能够两次扣合谜底，两次扣合可以用同一种方法，也可以用不同的方法，当然用上两种不同方法的谜作无疑会更耐看些。"（蔡芳先生语）本谜则选用离合提音双扣法，以"声从叶上来"为底字"液"提示读音，即"液"与"叶"读音完全相同，都读 yè。妙就妙在谜面延伸后，"暮雨"与"声从叶上来"之间衔接自然，有如水乳交融，浑然一体，而且提音准确，双扣锁定谜底，确保不会多底，同时还能使谜面文义丰满，意境幽深，可谓一举多得，点石成金，令人叹服！

　　三曰底材熟。"液"是常用字，乃物质

三态（固态、液态和气态）之一，小学生都认识。为这样耳熟能详、早有谜例的汉字谋皮作谜最有价值和意义，因为字谜寿命超长，将与汉字共存亡，但要出新难度很高。作者艺高人胆大，偏向虎山行，另辟蹊径制出好谜，犹如锦上添花，让人艳羡不已。

笔者一向认为，自撰面谜在保证扣合贴切的基础上，如能做到面句平仄协调，意境优美，诗意盎然，同时底材又广为人知，那当然是最好不过的了。而本谜完全符合这些条件，是一则难得一见的字谜佳作，故值得点赞，也乐意为之评析。

上岗必戴安全帽（11画字）密

于包廷/评析

安全为了生产，生产必须安全。为了确保安全生产，企业或工地根据工种规定，有的要系保险带，有的须戴安全帽。作者信手拈来一句安全口号挂面，寓教于乐，潜移默化，宣传效果会更好。此谜曾作为1993年5

月"建设杯"全国谜联大奖赛赛题,颇得好评,后来还被收录于《中华字谜大全》。

本谜以离合法为主,辅之象形法扣底。上岗,方位示形扣"山";"必"字实取,直接入底;再戴上一顶安全帽,即"宀",象形入扣,中规中矩;最后"山""必""宀"三部合形,"密"字便跳进读者脑海。面句中的"戴"作抱合词,把析出的三个字素有机地结合起来。全谜朴实自然,扣合贴切,雅俗共赏,思想性强,确是好谜!

无出颜谢之右(11画字)谚

顾为善/评析

颜谢,何许人也?《宋书·颜延之传》:"延之与陈郡谢灵运,俱以词采齐名,……江左称颜谢焉。"颜延之诗尚文采,喜用典;谢灵运诗多描写山水名胜,善于刻画自然景物,开文学史上山水诗一派。

什么是无出其右?《汉书·高帝纪》:"贤赵臣田叔、孟舒等十人,召见与语,汉廷臣无能出其右者。"颜师古注：古者以右为尊，言材用无能过之者，故云不出其右也。

面句意思明白了，扣合却甚简单："颜、谢"两字右边没有出现，只留左边的"彦"和"讠"，合起来便是底字。这也从一个侧面告诉我们，有些字谜和所用典故并无联系，不必为不了解它的出处而犯难，乃至望而却步。

低声凝目倚郎边（11画字）郿

吴旭初/评析

朱庆余《闺意上张水部》诗云："洞房昨夜停红烛，待晓堂前拜舅姑。妆罢低声问夫婿，画眉深浅入时无。"谜面依诗意而作，呈现了夫妇新婚燕尔的情景，流露出百般恩爱柔情，尽态极妍。

"低声"指"声"字下部之"尸"；凝目，以眼睛注视着，直接取用"目"；"倚郎边"取"郎"字之偏旁"阝"。最后三部组合,"鄏"字乃成。

此谜含情脉脉,面美底贴,情趣盎然,令人神往。

涧边草合迷前路(12画字)落

马啸天/评析

谜面仿佛一幅山间幽径图,构词清雅,平仄协律,意境幽静。这是一幅很形象的野趣图景,在山林深处,此景遍地皆是。北派以诗情画意见长,其效果就在于此。"涧边"是取偏旁之"氵";"草合"者盖其顶也,即"艹";"迷前路"好像是山涧野草迷住前边之路,其实是"迷"住而看不见"路"字前部之"足",便剩"各"字。三个析出的字素"氵""艹""各"再合起来,谜底自显。我谓学北派之法制谜,一可熟悉汉字的平仄,二能锻炼遣词造句,三利于学习诗词,四有助于加深文学修养。四益如此,何不为也!

斜阳一抹照东陵（12画字）殡

董书祥/评析

东陵即福陵，位于辽宁省沈阳市东郊天柱山上，是清太祖努尔哈赤的陵墓，为盛京三陵之一。福陵背山临水，古木参天，风景优美。"斜阳一抹照东陵"颇有怀古意味，所谓"江山留胜迹，我辈复登临"。面对落日余晖中的苍郁古墓，登临凭吊，抚今追昔，叹当年英雄业绩，金戈铁马，拓土开疆，使多少丰功伟业都付与苍烟夕照。

谜面以凭吊为兴，以离合为寄，借言他事暗设机关。面上各字兼顾诗意的完整和底字的扣合。谜以"斜阳"猜"夕"，加"一"合成"歹"。"东陵"用到方位指示——上北，下南，左西，右东，故"东陵"坐实"麦"。或云谜以自然冲淡为上品，我谓该谜深合自然之道。作者以肃穆寥廓的笔墨构画谜面，以"斜阳""东陵"为核心，凭"一抹"冲淡萧索气氛并兼顾谜底，使得景物与谜意浑然融化，相依相存，既有世事感慨，又具内在谜趣。

德国启蒙运动时期的文艺理论家莱辛曾说："一切物体不仅在空间中存在，而且也在时间中存在。物体也持续，在它的持续期内的每一顷刻都可以现出不同的样子，并且和其他事物发生不同的关系。"作者正是利用汉字的多义性、汉语修辞断句的灵活掌握，使感怀与本无必然联系的字谜艺术同集一句，和谐统一，各得其所。

听令即收，点到为止（12画字）跧

董书祥/评析

听令即收，严守军纪；点到为止，不为已甚。懂纪律又讲武德的军人，必定是好战士。"收"本义是逮捕拘押，引申为收取、结束。同时，又具"止"义，如应璩《与岑丈瑜书》："雨垂落而复收。"

谜作析字出奇生彩，不落俗套。题文上下句救弊补偏，调剂余缺，运作自然，倍增谜趣。如高水平的乒乓球双打，攻守交替，此进彼退，异彩纷呈。谜析"跿"为"听、止、丶"三部，以"听令即收"突出"听、止"，所欠一点由下句补足。此谜如破读为"听令即收点／到为止"，也可吻合。"点到为止"中的"止"，与上句的"止"（收）交替出现，正是你中有我，我中有你，谜因此生色而灵动，犹如一对恋人，心确实有两个，但若真诚相爱，也可说只有一个。唯如此才见爱之深、情之切，才会令人如醉如痴。本谜神采也正在于此。

新西藏，旧西藏，展柜前，看得清（12画字）晰

杨耀学/评析

谜面是宏大叙事。新旧西藏，犹如冰火两重天。1959年西藏民主改革后，政治、经济、社会结构实现了革命性变迁和跨越式发展，取得了举世瞩目的历史性成就。如面所述，乃是举办一次展览，用大量的图片、实物、文字、数字资料，通过这些活生生的新

旧对比，向人们述说这一片土地的过去和今天。这个题材，无疑是重大的。即使你未曾亲临西藏，这个展厅也向你叙述了一切。人们立于展柜前，驻足沉思，深受启发。

谜人是睿智的，善于联想；又是幽默的，精于点化。"西藏"的"藏（zàng）"，是多音多义字，又读cáng，解作"潜匿、隐藏"，于是，一场"捉迷藏"开始了。本来"西藏"是中心词，"新""旧"是修饰它的，如今"新旧"成了中心词，用"把西半部隐藏起来"重新立意，将左右结构的"新旧"二字掩盖一半剩下"斤"和"日"；"展柜前"再取"展示'柜'字之前半部"义而得"木"，于是三部相合组成"晰"字。"看得清"是为"晰"字提义。形义全归，巧不可阶。

什么叫谜？谜人思维是怎样的？就是举轻若重，举重若轻，在人们不经意的地方巧作变化，在字里行间注入另类景观，匪夷所思却又有迹可寻，使人们在惊愕之时，微笑着点头称是。

金莲低下头,说一声知也(12画字)跕

汪德亨/评析

初读题面,句中之"金莲"当是指打虎英雄武松之嫂——潘金莲也。见其动作和说话,还是如此羞答答的,当是未遇西门庆之前,还是个好娘子,好女子也。对武大的嘱咐是如此顺从,"低下头,说一声知也",给人以一种想象,一种美感。但以此思路去猜一个字,必定会误入歧途。那么,"金莲"还有何解释呢?

据查,《南史·齐东昏侯纪》有云:"凿金为莲花以帖地,令潘妃行其上,曰:'此步步生莲花也。'"后因谓女子缠过的小脚为"金莲"。旧有云"三寸金莲"是也。《西厢记》也有句曰:"金莲蹴损牡丹芽,玉簪抓住荼蘼架。"原来如此,这样就能得出谜底了。"金莲"扣"足",脚印痕迹可寻;"低下头"意即"低"字下掉头部之"亻","氐"字水落石出;最后两部字素合一即成

"跊"。但谜面还补以"说一声知也",原是作者再以谐音法进一步踏实底字与"知"同音,至此谜底非"跊"莫属。

作者将一个"跊"字设计得如此有声有色,又扣合得如此紧凑严谨,谐音法又用得如此隐蔽自然,实为难得!

作一幅中堂,写两个篆字(12画字)喙

董书祥/评析

中堂,本指厅堂正中,也称挂在厅堂当中的大幅字画。厅堂正中悬以中堂,两边配上对联或字画是中国儒家传统的装潢模式。无论书香门第,缙绅阀阅,还是胥吏商贾,凡居拥厅堂者莫不如是。一来有益观瞻,二则标榜主人德行志向。

从谜面文字看,居间主人似欲自己动手写一幅中堂,字为篆书体,内容不得而知,必能表露志趣。然而,谜作者所谓的"中堂"没那么多讲究,"中堂"就是"堂"字的中间,也即"口"字。那么"篆"字呢?

谜人曰：篆由"竹、象"组成，"竹"活脱脱两个"个"字。写上这两个"个"字就是"篆"，不写则是"彖"。"彖"再加"口"即为底字"喙"。说来有些拗口，可这恰是谜的真实。

衡量谜作高下优劣，总离不开撰面水平、扣合技巧。此谜通俗而不失典雅，落笔粗疏又不失小巧。上句散漫，下句细密，颇有"宽可跑马，细不容针"的艺术风格。构面近乎率意而为，轻松自如，下笔成章，正是作品爽快处。

半融远山景，桃林处士在（12画字）犅
董书祥/评析

谜面描写依稀可辨的远山，山下疏散游荡的牛群。"桃林处士"典出《太平广记·东阳夜怪录》，故事大意是：秀才成自虚夜投荒祠，遇骆驼、乌驴、鸡、猫、狗、刺猬、牛等精怪，并作一宵夜话。其中牛精自我介绍："桃林客，副车将军，朱中正。"牛以

"桃林客"为号源于《尚书·武成》:"归马于华山之阳,放牛于桃林之野。""副车将军"是指此牛过去帮人拉车,所以是"副"。朱中正,以"朱"字中间切"牛"。《东阳夜怪录》是现存最早一篇纯以谜贯串的文字,可视为含谜小说之祖,颇值一读。及至南宋,楼钥《西山仅老失牛求一言於邑数语代书》中已有"辄挽桃林之处士"之句,可见以"桃林处士"代"牛",言之有据。

再看"蚛"字,以"厶"象形远山,远远望去,山影绰约,形似而已。"山"是抽象概念,不是具体指某座山,所以没有特定形状。"半融"取"融"之半部,以扣"虫"字。如此"虫、厶、牛"三部合形,恰成谜底。

人说灯谜具有知识性、娱乐性、趣味性。后两性几乎每条必备,否则无人问津,而知识性则未必条条都有。如果我们能从这条谜中,由此及彼地翻一翻《太平广记》,对古人的小说、笔记、稗闻作一番浏览,未尝不是一件好事。

展开黄绢念之,张旭书法盖世(12画字)蒎

董书祥/评析

这是一条双扣的谜作,前后两句以不同方法对谜底作反复扣合。

"绢"是生丝织成的平纹织物,质地挺爽,可作书画装潢等用。作为文字载体,在纸张普遍应用之前有过很长的演变过程。先是结绳记事(绳结不是文字却具记事功能),再是龟板和牛胛骨,甲骨之后为简书。南方产竹多竹简,北方林密多木简。简书以后是帛,也即绢,三国故事中的"衣带诏"就以此为依据。纸张发明之初价高质差产量低,很长时间绢、纸同行于市。知道绢是用来书写的,对"展开黄绢念之"就不觉奇怪了。"黄绢"猜"色丝"源于《曹娥碑》之典;"念"即方言中的二十,写作"廿"与草字头无别。"色、纟、廿"合成谜底"蒎"。至此,扣合已经完成。然而作者意犹未尽,由书法自然而然地牵出草圣张

旭。张旭，苏州人，唐代著名的草书大家。谜中说"张旭书法盖世"不为过誉，实乃"草（艹）"书一"绝"耳。

将一个字拆开合拢，凭臆想硬加解释，还要自圆其说其难可知，像"莼"字谜这样重起炉灶再来一次实属难得。

倡议出后和者多（12画字）储

沈　新/评析

初看谜面，眼前便会浮现如下场面：有人在台上作报告时，提出向英模人物学习的倡议，马上引起台下听众的应和，其情其景着实令人感动。谜作者巧取上述场景拟面，将"储"字一分为三（亻、讠、者）。"倡议"二字出离其后，便余"亻、讠"，合乎情理；"和"字由原来的动词转作连词，将"者"轻轻带过，使人难以觉察，自然且灵活自如；"多"字铿锵有力，使之一呼即来"者"。

笔者从事储蓄工作多年，对"储"字谜

自然倍加关注。此谜自然工整，离合得当，虚实相宜，更难能可贵的是面句平白如话，全无当今有些字谜作者所一味追求的"雅"味。反复赏读，坚信这是一条于平淡处见功力的佳谜。

竞雄别夫赴东邻（13画字）鄞

苏德友/评析

这是用鉴湖女侠秋瑾传奇故事谋面的一条佳谜。

谜面中"竞雄"以号代名，是秋瑾之"瑾"字。秋瑾原号旦吾，竞雄是她东渡日本后改的号。但统观整个谜面，却有更深刻的含义。女革命家曾在她的《满江红》词中写道："身不得，男儿列，心却比，男儿烈。"当是巾帼不让须眉之意。谜面中"别夫"二字倒是引出了一段故事：1903年中秋佳节，丈夫王廷钧嘱秋瑾准备菜肴，说好月圆时分宴请宾客。谁知到了傍晚，王廷钧这个浪荡公子却被朋友拉去逛窑子了。秋瑾只好收拾了精心准备好的酒菜，自觉无聊，遂着男装由小厮陪着到戏园听戏。一时间京华戏园大哗，消息传至王廷钧耳中，他回到家即动手打了秋瑾。秋瑾一气之下离家出走，先后在客栈朋友家住了一年。恰是这次负气离家，使她有机会读到当时的进步书报，促成了她次年东渡日本的革命转变。

  让我们再回到谜面上来。面中竞雄扣"瑾"用的是文学创作的手法；面中"别夫"是讲秋瑾与王廷钧的决裂，猜射时应从"瑾"字中除去"王"，剩下"堇"。"赴"指示方向，"赴东邻"从字面上讲的是秋瑾东渡日本寻求革命真理的故事，而在谜中，"东邻"则是指"邻"字东边的"阝"。"阝"与"堇"配合，正好组成谜底"鄞"。这一字之底的谜富有厚实的内涵，充分表达了谜作者对同乡女革命家秋瑾无限崇敬之情。

霜降后二日偶成（13画字）雷

张志有/评析

《霜降后二日偶成》系董必武同志诗题，此处借来作谜面，猜为"雷"字。字谜之底，无"别解"可言，所以"文章"均做在谜面上，此作即要求将谜面顿读、别解。谜面应作"霜/降后/二日偶成"，"霜"字"降"去"后"部而余"雨"，"二日偶成"合为"田"。妙在"偶"字转作"结为连理"之释，否则，或二"日"重叠仍作"日"字，或部分重叠而成"目"字，均难以与"雨"字组合成字。

或谓：此作平平，佳处何在？我曰：灯谜创作，有时只是一种巧妙的联想，奇特的发现，谁先念及于此，谁就能品味到创作的快慰；而作为猜者，他领略到了作者联想之巧妙或发现之奇特，也会产生共鸣，并享受到猜射成功的喜悦，此即谓"隐者自怡悦"也。此时，你仅对照谜面、谜底去看，是不能领略个中妙趣的。斯谜以其"巧妙的联想"推为佳作,应属相宜。

斜雁经东陌,残红落北窗(13画字)缩

蔡大全/评析

陌,田间小路也。郑板桥有诗:"陌上泥融燕子飞"(见《板桥集》)。谜作者在国内历次灯谜大赛中常能自立机杼,引人注目。即如这件作品,解拆利落,取件洗练。"经""落"二字汇入谜中,如线穿针眼,秤毫提平。这说明章君对灯谜语言的研习和锤炼已经达到熔铸贯通、施展自如的地步。拆字联能做到如此合律规范,十分不易,用湖南谜宿陈斌的话说"则是天籁了"。

除数四点五,正好没余数(13画字)鄢

顾为善/评析

谜界熟知的汪寿林"添个小数点,加减乘除全"猜"坟"一谜,纯用数学符号成谜,

天衣无缝。也有用算式谋面的，如"3÷2=1"射"疗"字，横式演为竖式，直观形象。

本谜也属以数学逻辑谋面的范畴，却又别开生面。它只提供了除数，被除数和商阙如。那则"疗"字谜虽说三者齐备，却还不能算应有尽有——还应余"1"呢。该面却对此作了明确交代，正好没余数。这谜团又该如何解开呢？

如按谜面去思索，答案会有很多，凡是4.5的倍数都符合条件："九"、"木"（十八）、"半"（八十一），乃至"林"、"森"都可以充数，但那是做数学游戏，而不是猜谜。成谜自有谜理在，四点指四个小点，五用阿拉伯数字5的象形，"正"明取，三者合而成"焉"。"除数"之设，乃是将欲取之，必先予之，可和"没余数"抵消而得到"阝"；"好"则作"可以"解。全谜无一冗字，而谜味浓郁，允称佳构。

才放梅花数点，又闻白鹭一声（14画字）漉

蔡经湘/评析

读此谜面，我深深地被谜作者所描绘的清丽意境和优美音韵所吸引，仿佛置身于色彩斑斓的园圃，喜见乍开的梅花点点凌霜笑，疏疏傍雪妍，冷艳清香……而对面是碧波荡漾的海湾，一群白鹭在海面上觅食，又猛然一声齐鸣，向天上飞翔，令人心旷神怡！

然猜者千万不要被这优美的景色所迷惑陶醉。首句表面上是描写乍放的梅花，实质上"梅花"别有所指，是斑斓点点的梅花"鹿"；"数点"也是谜作者故布迷象：凡三以上者其量为多之意，可用"数"来表示。若三点可组成"漉"，七点则可合为"瀗"字。到底谜底为哪一字呢？只有再从下句"又闻白鹭一声"追索，才能得出正确答案。可是谜作者又在此巧设迷障，引你误入歧途，去猜想白鹭的叫声到底是怎样的叫

法，除了对白鹭十分熟悉的人，谁也难以回答。此中奥妙只有细心地研读谜面，把"白鹭"二字断读，"白"字别解作"说"义，才会明白谐声的是指"鹭"（lù），它正好与"渌"同音，其底也就应"声"而出，从而轻巧地排除多底了。

此谜用六言对联式组句，词义对仗颇为工整，音韵节奏更是铿锵，具有声韵美；笔墨酣畅，文采清新，色彩浓郁；动静相宜，情景清丽，意境佳妙。成谜采用借代、谐音、象形诸法，平中见巧，尤添风骨神韵，可谓声、色、意俱全，读之猜之，令人惬心爽意，心驰神往。

后 记

经过近一年时间的整理、遴选、编校，这本字谜小书终于完成了。在此，要感谢丛书发起人、长安文虎社社长苏剑先生将我列入《百家字谜》首批作者名单，使我有机会总结和展示近四十来的字谜创作成果。

字谜，是灯谜创作永恒的主题，也是每一个制谜者必定涉猎并锻炼谜技的一大门类，它又是最受猜射者喜爱、乐道的谜种。千百年来，引人共鸣而广为传播的灯谜作品中，字谜可谓一枝独秀，其生命力也最强，经久不衰。

我自1980年步入谜坛后，开始学制灯谜。所制之谜，字谜占了很大一部分。随着时间的推移，谜识的提高，对字谜创作的手法也逐渐掌握进而更趋成熟多样。在创作实践中，则往往不经意间会偏向字谜多一些，因为我觉得字谜创作在"纯创作灯谜"中，最能体现其"纯"的一面，你的文字功底、学识修养，在字谜撰面上一览无余。1992年我编印《流水十年间——章镳创作灯谜选辑》，共收录灯谜196条，仅字谜就占了115条，可见字谜在我心中有多重！通过字谜研习、创作，谜学与文学的素养，总会有所提升。

字谜创作，由于谜底是固有的、单一的，几无回旋余地，这就需要创作者发挥更大的想象，动用更多的手段，在谜面的遣词造句上，下足功夫、做透文章。因此，看似简单的谜，实则也难，所谓"成如容易却艰辛"，正是此理。

本辑选收之谜，基本反映了我的字谜创作概貌。在选录时，我不想过分追求奇崛艰深，而是注重于谜面的流畅，尽量做到在文理上通顺、自然，在扣合上紧切、浑成，并考虑择谜的多样性。

因杂务繁冗，选编时间总显得有些仓促，故不妥之处势必难免。好在邱茂文谜友帮助校阅一遍，作用不小。在此谨致谢意！同时，我还要向撰写谜评文章的谜友表示感谢，有了你们的支持，才使本书充实、生色不少。

章 镳

2019年4月7日于绍兴